Demain je vais vivre

**Floriane Gouget**

# Demain je vais vivre

*Récit*

ISBN : 979-10-377-5982-5

*À mes parents, à qui je dois tout !*
*À mes amis, pour leur soutien sans faille !*
*À Mila, qui m'a donné le courage qu'il me manquait pour être tout à fait moi !*

*Si tu parles, tu meurs. Si tu te tais, tu meurs. Alors, dis et meurs.*

Tahar Djaout

# Préface

Faire le choix d'écrire un livre était compliqué pour moi. J'avais toujours essayé de m'effacer, de me faire la plus petite possible. Le choix de l'écriture s'est à vrai dire plutôt imposé à moi. Après cette année chaotique, je me devais de partager cette histoire et de porter la voix de ceux qui n'en ont pas. Je me devais d'exister, le plus possible. Je voulais laisser une trace et je voulais surtout empêcher mes bourreaux de faire plus de bruit que moi. Ils ont voulu me faire taire et me voir disparaître, ils me verront partout. J'ai désormais un combat à mener et je n'abdiquerai pas, je le sais. À travers ces pages, je vous invite dans ma vie.

Merci de vous essuyer les pieds avant d'entrer et bienvenus.

## 20 janvier 2020, 7 heures

Ils sont là. Dans le salon, ils regardent la télé, puis ils tournent la tête et me regardent. Moi, Floriane, 17 ans et demi, qui descends prendre mon petit déjeuner. Nous sommes en janvier 2020. Depuis quelque temps, on nous parle d'un nouveau virus né à Wuhan en Chine. Il ne m'inquiète pas trop et puis je me dis que ce n'est qu'un détail de l'actualité. Ma mère me sert mon petit déjeuner sans un mot. Mon père se décide enfin à hausser le son de la télévision puis se tourne vers moi : « Floriane, regarde ! » Je tourne la tête ma tasse de thé dans les mains et la chaîne d'informations annonce : « Mila, une jeune femme de 16 ans menacée de mort après avoir critiqué l'islam ». Je me retourne quelque peu interloquée. Je ne comprends pas vraiment comment cela est possible, en France, en 2021…

Le délit de blasphème n'existe pourtant plus dans notre pays depuis la Révolution. Et je sais aussi que personne, outre le gouvernement français, n'est habilité à faire la loi en France. Alors de quel droit des intégristes islamistes iraient-ils condamner cette jeune femme ? Mes parents me regardent et attendent ma réaction. Ont-ils eu peur, ne serait-ce qu'un instant que je la condamne à mon tour ? Jamais, pas un seul instant, cela ne m'a parcouru l'esprit. Je connais malheureusement ce qui s'attaque à cette jeune femme. C'est une gangrène qui se multiplie en moins de rien avec la complicité de bon nombre de nos intellectuels et de nos responsables politiques. Cette nécrose du monde, qui voudrait voir nos libertés et nos valeurs s'éteindre. Cette pourriture qui voudrait enfermer nos jeunes femmes et faire de nos petites filles des esclaves sexuelles. Cette idéologie s'appelle l'islamisme. Ce fascisme qui martyrise déjà bon nombre de peuples s'en prend, en France, à une jeune femme de presque mon âge. Cette idéologie qui a assassiné tant d'innocents, de Charlie au Bataclan, de notre pays à la Suède. Mon questionnement se penchera plutôt sur le profil de ces tortionnaires. Qui sont ceux qui ont pu harceler et menacer de mort sans scrupules une jeune femme de 16 ans ? Mes parents s'interrogent avec moi sur la façon dont cela a pu être rendu possible en France. Mon père change de chaîne de télévision et je prends le chemin du lycée. Le long de la route que je parcours chaque jour à bord de ma voiture sans permis, cette actualité ne quitte pas mon esprit. Je ne peux m'empêcher de penser à cette adolescente qui, victime de tant de haine, ne peut plus, elle, se rendre au lycée. À une époque où, je fonde mes projets d'orientation dans le supérieur, je sais que l'on vient de tirer à boulets rouges dans l'avenir et la vie entière de cette jeune femme. Je sais aussi que bien d'autres individus victimes de ces accusations ridicules « d'islamophobie » ne retrouveront jamais leur vie d'avant et n'ont plus aucune possibilité de faire machine arrière, ils n'ont d'ailleurs aucune raison de se soumettre mais, si ce souhait leur parcourait l'esprit dans l'objectif de vivre de nouveau comme avant, cela se comprendrait. J'en parle rapidement avec mes amies de l'époque, cette histoire ne les interpelle pas plus que cela. Le soir, en rentrant chez moi, je poste sur mon compte Facebook un message de soutien à Mila qui passera inaperçu. Un joli message, dans les formes, avec de jolies phrases et dans l'objectif de n'offenser personne. Je comprendrais très vite que la tempérance ne vaut rien avec certains individus et qu'il vaut mieux dans ce cas-là être carré mais droit dans ses opinions. Je ne m'exprime pas beaucoup ni sur les réseaux ni médiatiquement à cette époque et donc tout cela, je ne le sais pas encore.

**5 février 2020**

C'est officiel et confirmé par le ministère de l'Intérieur, Mila et sa famille sont placés sous protection policière. C'est donc un basculement total dans l'horreur. Je ne sais pas si vous avez conscience de ce que cela représente ! C'est la fin d'une vie de jeune femme. Fini la spontanéité de l'adolescence. C'est pourtant une période durant laquelle on conquiert de nouvelles libertés et non où l'on est censé les perdre. Pour Mila, cette adolescence sera celle où l'on les lui aura toutes retirées. Perdre sa liberté pour en avoir fait usage, mais comment est-ce possible ? Devoir être protégée à 16 ans pour s'être exprimé librement et comme il est légal de le faire ça n'a pas de sens et ce n'est pas juste. C'est vous que l'on fait prisonnier alors que vous n'avez rien fait de mal alors que les responsables de ce harcèlement, qui est une infraction, eux, vivent leur vie, comme si de rien était. C'est ma mère qui me l'a dit, en rentrant du lycée le soir. Elle connaissait mon intérêt non pas spécialement pour cette affaire mais pour cette jeune femme. Elle avait mon âge, et nous partagions des idéaux de liberté. Le message lancé par la jeune femme sur les réseaux sociaux et qui lui avait valu cette vague de haine m'avait beaucoup fait sourire. Je me suis dit : « Elle a tellement raison d'envoyer valser cette religion qui n'a rien de pacifiste et en plus elle a l'air drôle ! » Avant de penser à toutes ces contraintes, j'ai effectivement pensé que c'était mieux ainsi, qu'elle était en sécurité. En effet, l'actualité avait su quelques années auparavant nous démontrer que ces menaces pouvaient être mises à exécution. Celle-ci nous a même démontré qu'en tant qu'occidentaux en général nous étions des cibles, alors cette jeune femme bien d'avantage. Je ne réalise pas tout à fait ce que peut vivre cette jeune femme et je pense que personne ne peut l'imaginer.

Dans la folie médiatique liée à cette affaire, j'ai une impression de coquille vide et de lâcheté assez conséquente. Depuis plusieurs semaines, on parle de l'affaire Mila, de la responsabilité de l'adolescente dans cette affaire. On parle de cyberharcèlement, de phénomène de meute… On voit un nombre de philosophes et de sociologues défiler sur les plateaux TV pour tenter de nous expliquer le fond de cette affaire. Pourtant, parmi tous ces gens diplômés de brillantes universités, je n'en ai que trop rarement entendu nommer le problème de cette affaire Mila, celui où ce dossier trouve sa source. Si Mila a d'abord été harcelée, car, ne l'oublions pas c'est elle qui après un direct sur les réseaux sociaux, a été victime d'injures concernant son orientation sexuelle, c'est bien au nom de l'islam par des gens qui tentent d'imposer leur modèle idéologique, l'islam politique en somme. Importer la charia (loi islamique) d'un autre temps pour tenter de l'imposer à une jeune femme occidentale s'inscrit dans le cadre d'une idéologie beaucoup plus large. Cette idéologie doit être nommée, il s'agit de l'islamisme. Quand une jeune fille née et élevée en France, au sein d'une république laïque, se retrouve menacée de mort pour avoir dénoncé la violence d'une religion qu'est l'islam, alors le temps n'est plus à l'hypocrisie. Le temps doit être à la défense de nos libertés et à l'union. Apparemment, nous n'avons que très peu appris de ce fameux 11 janvier 2015, vous vous souvenez, ce jour où vous avez peut-être vous-même défilé à Paris ou ailleurs, pour défendre votre laïcité et votre liberté. Parce que tout le monde semble oublier que la liberté de Mila et celle de Charlie sont identiques et indissociables de celle de chaque citoyen.

C'est en pensant à cela et à tellement d'autres choses qu'un sentiment d'échec intense m'a traversée. Cela fait effectivement un petit moment que j'ai conscience du danger représenté par l'islamisme. Mais qu'ai-je fait de mon côté pour l'éliminer ? Que n'ai-je pas fait plutôt comme énormément de citoyens de ce pays ? Serai-je lâche ? Cela a toujours fait partie de moi, la jeune femme timide qui n'ose jamais rien dire, c'est bien moi.

Et cela ne date pas d'aujourd'hui, petite, fragile et timide je l'avais toujours été, c'est ce tempérament renfermé qui avait fait de moi la victime d'un harcèlement scolaire bien avant tout cela…

## Septembre 2008

Ce matin-là, il fait frais, et il est tôt. La petite fille que je suis n'a pas l'habitude d'être tirée de ses rêves si tôt. La petite école du village est surpeuplée d'enfants de la maternelle au CM2. Je n'avais d'ailleurs jamais vu autant d'enfants dans une école. Je n'avais simplement jamais vu d'école. Je n'ai jamais fait de maternelle. Enfin si, j'y suis allée deux jours, mais je ne m'y adaptais pas selon l'enseignante. Mes parents ont donc organisé leur emploi du temps pour pouvoir m'occuper de moi à la maison. C'est donc eux qui m'ont appris à lire, écrire et compter. Ma rentrée en CP ce matin-là est donc une grande première Au grand étonnement de ma famille, je rentre dans ma nouvelle classe sans sourciller. Les jours suivants seront plus compliqués, il faut préciser que je suis une petite fille timide et que ma vie sociale avec d'autres enfants se résume à mes cousins et cousines et à des enfants qui habitent à côté de chez moi. Je me souviens d'ailleurs parfaitement d'eux, de nos promenades à vélo. Il y avait Justine et Fabien notamment, tous deux plus âgés que moi. J'ai toujours eu des amis plus vieux que moi durant mon enfance. Mes amis d'aujourd'hui sont d'ailleurs majoritairement âgés de dix ans, même parfois plus, que mes aînés.

Ma rentrée en primaire ayant été trop belle pour durer, j'ai vite, comme beaucoup d'enfants, refusé de retourner en classe. J'étais une enfant très anxieuse, ce qui n'a pas facilité les choses. Je faisais depuis mes trois ans de vraies crises de panique qui parfois, m'empêchaient de dormir. Mes parents ont d'ailleurs été longtemps obligés de l'emmener faire une promenade le soir avant le coucher afin de limiter cette angoisse qui naissait au fond de mon petit être une fois que la nuit s'avançait. J'avais très peu du soir, je le voyais comme un monstre hideux qui viendrait dévorer la lumière qui, elle, ne reviendrait plus jamais. L'attente du jour me paraissait interminable. Ce sentiment, je le retrouverai bien plus tard.

Mes années primaires se sont donc plus ou moins déroulées ainsi, j'avais quelques amis, j'étais bonne élève mais la seule chose que l'on me reprochait c'était mes absences. Ces absences à répétitions qui faisaient parfois passer mes parents pour des gens irresponsables ou négligents. Ceux qui portaient ces jugements n'avaient pas idée de ce que c'était que d'élever une petite fille anxieuse qui n'avait d'ailleurs aucune raison censée de l'être. Ce que c'était que de ne pas comprendre pourquoi votre enfant se réveille en pleine nuit en vomissant et en affirmant qu'elle ne peut pas respirer. Ce que c'est que de voir tout un tas de médecins incapables de vous dire ce qui ne va pas.

Malgré cela, j'avais d'excellents résultats scolaires et j'étais une élève plutôt facile à vivre et dans l'ensemble assez souriante. Cette anxiété m'a privée de nombreuses activités comme les classes découvertes. Inimaginable pour moi de partir plusieurs jours avec l'école et de devoir affronter ces nuits d'angoisses loin de mes parents.

En fin d'école primaire, j'ai changé d'établissement après un dérangement. Et c'est à partir de ce moment-là que ma scolarité à basculé, c'est là que je l'ai découvert ce mot harcèlement.

## Septembre 2013

J'entre au collège et je n'en suis pas mécontente. Ma dernière année de primaire a été un calvaire. Je suis passée d'une école où chacun était différent et où les élèves n'avaient pas encore la notion de mode à une autre où ce sont tous des copier-coller tout à fait conformes et où celui qui aurait l'audace de s'écarter du modèle général deviendrait celui à exclure à tout prix. La peur de la différence, c'est en réalité, un phénomène qui existe depuis presque toujours et un peu partout. Elle se base surtout, à mon avis, sur la peur de se remettre en question car si la différence existe alors on découvre que son propre modèle n'est pas unique et il devient de VOTRE responsabilité de choisir lequel suivre. L'individu devient alors acteur de ce qu'il est en quelque sorte et cela fait peur. La liberté fait peur parce qu'elle responsabilise, et la différence vous confronte à la liberté. Beaucoup d'individus qui participent à un harcèlement le font dans le but de se protéger, car le harcèlement n'est, très souvent, que l'initiative de quelques individus qui s'amplifient grâce à l'effet de groupe. Si les jeunes se mêlent à cet effet de groupe, ils se fondent dans la masse et ne risquent donc plus de devenir cet individu en marge. Cela leur garantit également l'existence d'une victime de ce harcèlement autre qu'eux même, et, par une sorte d'égoïsme, ils ne souhaitent pas voir cela changer et, pas non plus, prendre la défense de l'individu harcelé et tout cela évidemment dans le but de ne pas devenir soi-même le harcelé.

Le harcèlement se nourrit de la peur. Celle de la victime évidemment mais aussi celle des autres de devenir un jour cette victime. Ce cercle infernal me semble pourtant extrêmement facile à briser. Il suffirait que cette majorité dite silencieuse s'exprime. Qu'elle mette au banc les harceleurs. Le courage brise bien des tyrannies.

Cette terrible année terminée, le collège allait donc me permettre de prendre un nouveau départ, de rencontrer de nouvelles personnes. C'était bien sûr sans compter sur l'existence de cette même notion du groupe et sur le fait qu'une fois que celui-ci à sa victime il ne la lâche pas si facilement.

Les élèves avec qui je suis allée à l'école primaire se sont bien évidemment empressés de présenter leur « victime » aux autres élèves. Il n'y a donc pas nécessairement besoin de s'en prendre à quelqu'un d'autre puisqu'il leur offrait là un souffre-douleur parfait. Et le pire, c'est qu'ils savaient pertinemment qu'ils pouvaient s'en prendre à moi et que je ne dirais rien. Je l'avais choisi à cette époque, je pensais que les ignorer les pousserait à arrêter. Ce ne fut évidemment pas le cas. Cela leur donnait plutôt l'impression qu'ils me faisaient peur et que je n'osais pas répondre. Nous allons donc maintenant éclaircir les choses, vous ne m'avez jamais effrayée, pas une fois, je ne trouvais juste pas pertinent de donner de l'attention à des gamins qui s'en prenaient à quelqu'un sans réellement savoir pourquoi. Je n'ai jamais répondu à tes questions stupides comme : « Pourquoi tu t'habilles pas bien ? » non pas parce que je n'avais pas de réponse, mais uniquement parce que j'ai considéré que je n'avais absolument pas à me justifier auprès d'adolescents immatures cherchant à se prouver entre eux qu'ils étaient « cool » parce qu'ils s'en prenaient à moi.

À ceux qui sont récemment venus se « renseigner » sur les réseaux sociaux ou qui ont eu l'audace de m'envoyer un message de soutien, je réponds que je n'oublie pas ces années et que le fait que nous n'ayons été que des enfants n'enlève rien à ce qu'elles ont engendrées. Je ne dirais pas que je suis en colère, c'est faux mais je n'oublie rien.

Je n'oublie pas non plus que c'est à travers ces gens-là que j'ai subi et découvert le cyberharcèlement. Cela ne leur suffisait évidemment pas de s'en prendre à moi au sein de notre établissement scolaire, il leur fallait faire durer mon supplice en dehors des murs de l'école. J'ai découvert qu'au-delà des insultes sous mes photos sur les réseaux sociaux, certains les avaient même enregistrées pour les faire tourner entre eux. Il en est de même des vidéos de ma chaîne YouTube de l'époque (soyons sincères elles étaient ridicules mais on est très nombreux à avoir publié ce type de vidéos sur YouTube durant nôtre période collège).

Mon année de sixième s'est donc résumée à cela, et malgré tout, je suis restée bonne élève. En vous racontant tout cela, je ne recherche aucunement la pitié, je veux juste dire à tous les écoliers dans mon cas que ce n'est qu'une période et que même si elle semble interminable, elle va s'arrêter. Je veux aussi vous dire que vous n'êtes pas seuls et que vous n'avez pas à avoir honte. Je l'ai connu ce sentiment de honte aussi, j'étais persuadée que si l'on me malmenait ainsi c'est bien que j'en étais responsable et que le problème venait de moi. N'oubliez donc pas que vous êtes là victime et que rien n'est de votre faute. Je vous encourage à oser en parler parce que vos tortionnaires doivent être punis. Je regrette infiniment de ne pas en avoir parlé plus tôt à ma famille car j'ai malgré moi l'impression d'avoir participé à faire croire à ces jeunes que leurs actes resteraient impunis et pouvaient donc être réitérés.

Je n'étais pas une jeune femme spécialement extravertie, vivre dans mon petit univers, entourée de mes parents me suffisait largement et le monde extérieur ne m'intéressait pas davantage. J'étais tellement loin des informations, des guerres et des problèmes économiques, tout cela c'est loin quand on a douze ans. Enfin, c'est ce que je croyais, puis un jour l'actualité est venue frapper à ma porte sans même que je ne m'y attende et, sans que je ne sois en mesure d'expliquer pourquoi, elle resterait gravée en moi.

**7 janvier 2015**

« Attentat contre Charlie Hebdo : 12 morts ». Voilà ce qui allait tout changer. Pourquoi, je ne me l'explique pas ? Je sais juste que le chaos qui suivra cette attaque me conduira à vouloir comprendre davantage les choses que ce qu'on m'avait expliqué. Pour comprendre pourquoi ces gens avaient été assassinés, je devais d'abord comprendre ce qu'était l'islamisme. Car c'est l'islamisme qui a assassiné des journalistes et tant d'autres personnes. Il faut cesser cette comédie permanente et nommer les coupables. On a dit aux enfants comme moi à l'époque qu'ils étaient « morts pour des dessins ». On a entendu parler de « liberté d'expression ». Mais avant de dire tout cela, il me semble nécessaire d'expliquer pourquoi ces journalistes de talents ont été assassinés, il faut d'abord savoir pourquoi la liberté d'expression dont ils sont devenus les héros s'est retrouvée en danger. Alors non, ces dessinateurs ne sont pas morts « pour des dessins » ils sont morts assassinés par le fascisme islamiste comme de nombreuses autres victimes. Il faut le dire et il faut nommer les choses.

Cette hypocrisie et ce silence sont responsables au même titre que tous ceux qui osent trouver des excuses aux assassins. Sont aussi responsables tous ceux qui osent se joindre à l'émotion des familles et trouvent des justifications à la même idéologie quelque temps après. Voilà tout ce que je découvrirais après 2015. Vous savez ces gangrènes dont on disait qu'elles n'existeraient plus après un tel drame. Non seulement d'autres attentats auront lieu, d'autres familles seront endeuillées et la lâcheté et l'hypocrisie ne reculeront nullement. J'ai même tendance à croire qu'elles progressent. Lorsque l'on est obligé de condamner des jeunes à peine majeurs pour menaces de mort envers une jeune femme qui ne faisait qu'user de sa liberté d'expression. Alors que les censeurs de 2015 ne sont plus uniquement des fanatisés, mais deviennent des enfants de la république parfaitement insérés dans la société. C'est ça l'islamisme. C'est une idéologie qui s'immisce insidieusement dans une société où chaque enfant, puis chaque citoyen, devient un étendard de celle-ci. C'est celle-ci la nouvelle terreur. Celle imposée par ceux qui s'ils sont en désaccord avec vous au nom d'une doctrine moyenâgeuse n'hésiteront aucunement à vous affubler d'une étiquette de « raciste » ou « islamophobe » qui vous assure une mort sociale voir physique.

Voilà donc, tout ce qu'à 12 ans et demi je m'apprêtais à découvrir dans le pays où j'ai grandi et où je me sentais en paix. Je pense aujourd'hui à tous ces gens, qui, ayant évolué dans ce même monde, n'ont pas vu ou n'ont pas voulu voir le danger de l'islamisme et le recul de la liberté. Je pense à tous ces gens qui se sont accordés à trouver les caricatures du Jylland-Posten offensantes, ceux qui ont pensé qu'elles ne devaient pas être publiées pour ne pas heurter un certain public et pour préserver les intérêts économiques de leurs magazines. Je pense à tous ceux qui n'ont pas voulu prendre position, non pas qu'ils n'avaient pas d'avis, mais uniquement pour ne pas s'attirer de foudre, considérant que de toute façon ce n'était pas leur problème. Je pense à nos responsables politiques qui ont été si peu à prendre position dès la publication de ces caricatures. Je pense à Monsieur Boubakeur, qui a porté plainte contre Charlie Hebdo après la publication de ces caricatures. Le seul mérite (comme s'il était normal de le souligner) que je lui reconnaîtrais est celui d'avoir fait appel aux instances de la république, bien que son action ait engendré un déferlement de haine à l'encontre de Charlie Hebdo. Je pense évidemment à toute cette haine qui a été répandue par un bon nombre d'individus qui ne s'expriment que comme cela et sans laquelle ils ne savent pas se faire entendre. Puis enfin, je pense à tous les anonymes, tous ceux qui ont cru cette histoire si loin d'eux. Et je me demande comment c'est possible. Analyser le passé pour ne pas le voir se reproduire. Telle a été ma démarche dans les années qui ont suivi ce drame. Drame qui n'en était pas un. Un drame est une fatalité, quelque chose d'inévitable. Or je m'étais très vite démontré que cet attentat aurait pu être évité par de nombreux facteurs. Évidemment qu'une mobilisation générale de la presse autour de la publication de ces caricatures aurait tout d'abord permis de ne pas envoyer Charlie Hebdo en première ligne. Évidemment que même sans cette mobilisation, l'opinion publique aurait dû être claire et ferme. Et bien évidemment encore que la réponse politique aurait dû être rapide et claire !

Aujourd'hui, ce qui est clair, c'est qu'on ne refait pas le passé mais que l'on peut œuvrer pour que de telles horreurs ne se reproduisent pas. On peut chacun, à l'échelle qui nous convient lutter contre l'idéologie qui engendre cette haine. Il s'agit de nos valeurs, de notre république qui est aujourd'hui à préserver.

Il s'agit aussi d'éduquer aux valeurs républicaines et d'apprendre à nos enfants qu'elles ne sont pas négociables, à aucun moment.

## Mes années lycée

J'ai toujours été très proche de mes parents et ce lien ne s'est pas atténué en grandissant, nous avons gardé notre lien, notre petit monde à tous les trois. Mon entrée dans un lycée de banlieue signait aussi mon entrée en internat. La pire chose qui pouvait m'arriver à 15 ans. J'ai d'ailleurs essayé durant les premières semaines d'y échapper en faisant tous les jours une soixantaine de kilomètres en bus scolaire. J'étais persuadée que je pouvais le faire mais j'avais tort. Un mois après la rentrée, mes notes dégringolaient alors que j'avais toujours été plutôt bonne élève. Il fallut bien me résoudre à entrer au sein de cet internat. Avec bonheur, j'avais obtenu une place dans la chambre d'une amie du collège. Une rare amie du collège. Une amie qui s'était rapprochée de moi à la fin de l'année de troisième sachant bien que nous partions dans quelques semaines et qu'elle pouvait, à ce titre, se permettre de m'approcher sans crainte de représailles ou de mise à l'écart de la part des autres élèves. M. était une jeune femme assez discrète, voire effacée. Elle m'intriguait au possible, elle était souriante mais pas trop, en tout cas à moi, elle me souriait. Elle semblait elle aussi lutter contre ce groupe. Mes ressentiments à son égard n'ont étrangement jamais existé. Je serais pourtant la première à condamner ceux qui se taisent. Je les ai toujours considérés comme complices du harcèlement. Mais M, c'était différent. Je suis persuadée que ce silence que je maudis tant est principalement lié à la peur, mais elle, elle semblait encore plus terrorisée que les autres. Peut-être parce qu'elle avait vécu la même chose. D'ailleurs, elle n'avait pas beaucoup d'amis elle non plus, mais elle aimait faire croire que c'était le cas. Je ne lui en ai jamais voulu, j'ai toujours préféré me demander si, à mon arrivée au collège, on avait trouvé un autre bouc émissaire, j'aurais pris sa défense ou si je me serais moi aussi murée dans ce silence pour, au moins une fois, ne pas être pointée du doigt, pour me faire oublier. Je n'ai jamais été en colère contre cette fille, j'ai plutôt ressenti de la sympathie à son égard. Être dans sa chambre à l'internat me rassurait. Avec nous logeait la meilleure amie de M, une jeune femme d'un an plus âgée que nous, calme et posée. Avec sa carrure imposante et ses cheveux bouclés, elle avait un côté presque maternel. Elle séchait nos larmes, nous aidait à accepter nos émotions à une période où c'est bien loin d'être évident. Elle était toujours là, tout simplement, sans jamais rien attendre en retour. Lors d'un déménagement, je fus contrainte de changer de lycée et de quitter l'internat, et, à l'inverse de mes appréhensions, j'achevais ici, une merveilleuse période qui restera en moi.

Ce nouveau lycée était aussi une source d'angoisse, j'avais échappé au harcèlement en entrant dans mon premier lycée, mes bourreaux avaient disparu, grandi, s'étaient dispersés et le harcèlement s'était envolé. J'étais enfin au même échelon que n'importe quelle élève. Mais maintenant que j'allais devoir affronter un nouvel établissement, de nouveaux regards, je me rendis compte que le harcèlement ne disparaît pas, il se marque en vous, bien après qu'il s'est effacé de votre environnement. Il crée des peurs, des agoraphobies, une dévalorisation de soi. Des maux qu'il faudra alors des années pour comprendre et tenter de maîtriser. On ressort d'un harcèlement avec des séquelles graves dans sa chair. Malgré tout ça, malgré cette peur au ventre j'irai dans cet établissement. Celui où j'achèverai de me reconstruire. Celui qui me fera grandir. J'y ai développé une personnalité bien différente de celle que j'étais. Je suis devenue une lycéenne engagée et ouverte. Je me suis engagée dans un syndicat lycéen en seconde parce que je souhaitais faire entendre les voix des lycéens qui eux ne s'exprimaient pas forcément en public, tout comme la jeune femme que j'étais quelques années encore auparavant. Je voulais porter cette liberté découverte, celle de dire que je ne suis pas d'accord, celle de pouvoir être en désaccord, celle qui m'était en l'espace de quelques années devenue si précieuse. Cette liberté je m'en suis privée aussi moi-même à de nombreuses reprises lors de mes années collège et en raison du harcèlement que j'avais subi. Le harcèlement vous détruit, il vous transforme de jeune fille à victime à temps complet. Il vous conduit même parfois à vous effacer, gommer tout ce que vous êtes car c'est bien ce que vous êtes qui dérange les harceleurs. Cet engagement au-delà de la défense acharnée de ma liberté qui, j'avais eu l'occasion et le temps de le comprendre, pouvait un jour disparaître, représentait une victoire sur la vie, une victoire sur mes harceleurs, on ne me fera plus jamais taire. Vous vouliez que je disparaisse, vous vouliez que je m'efface, alors demain je vais exister, autant que possible, je vais être moi plus que jamais.

Je me suis donc engagée sur des sujets comme la réforme du bac. Ma première action dans le cadre de cet engagement sera de bloquer mon lycée pendant une semaine, ce sera publié par la presse locale. En y repensant je ne suis pas sûre d'avoir réellement bien choisi ce combat, car il faut être sincère, étant d'une confiance sans limites envers les membres de ce syndicat, je n'ai absolument pas lu cette réforme et en ai compris seulement ce que l'on m'en avait dit. Je voulais avant tout aider les autres, ceux qui ne voulaient absolument pas vivre cette réforme. Avec le recul, je ne la trouve pas si mal, à la limite je la trouve même assez bien faite même si elle aurait pu être améliorée et précisée. Je ne dis pas pour autant que les craintes de mes camarades n'étaient pas fondées, je dis simplement que si je souhaitais les aider, j'aurais seulement dû me renseigner et les informer correctement.

À cette même période, j'ai aussi rejoint le mouvement de protestation dit des « gilets jaunes ». Enfant d'une famille modeste avec un père chauffeur routier, je trouvais bien évidemment les prix du carburant excessifs pour les ménages avec peu de moyens. Vivant à la campagne en 2019, pour ma famille, ce carburant était aussi un produit de première nécessité et combien de fois j'avais vu mes parents compter leurs fins de mois en fonction du budget carburant assez conséquent de mon père pour se rendre sur son lieu de travail. J'étais fière, j'avais l'impression de me battre pour les intérêts de ma famille. Je pense toujours d'ailleurs que ces revendications étaient justes. En revanche, je reviendrais sur le soutien absolument pas réfléchi que j'avais pu apporter à certains individus ou groupes d'individus dans le cadre du mouvement. Non, je ne supporte plus d'entendre dire que la police a été violente gratuitement. Même si les revendications du début du mouvement étaient justes, je n'approuverai jamais des méthodes qui consistent à détruire des monuments nationaux ou à attaquer nos forces de l'ordre qui n'ont fait que répliquer. Vous me répondrez que celles-ci ont parfois pu commettre des erreurs, je vous répondrai qu'au stade d'épuisement induit par la répétition des manifestations, c'est humain.

Aujourd'hui, j'ai un peu changé d'avis sur le mouvement en général, avec la crise sanitaire, j'ai l'impression que tous ces gens qui étaient descendus de la rue pour réclamer quelque chose de juste, ont maintenant décidé qu'ils s'opposeraient à tout ce qui est proposé par le gouvernement sans même se poser de questions. Je ne dis pas que dans les « antivax » comme on les appelle, il n'y a que des gilets jaunes, je dis juste que beaucoup se revendiquent du mouvement. Sachez que je suis vaccinée et non je ne suis pas devenue un aimant géant, une antenne 5G ou quoi que ce soit d'autre. Quant à ces mêmes individus qui se revendiquent être contre le pass sanitaire car cela enfreindrait leurs libertés, je réponds que moi j'ai l'impression qu'il me les redonne au contraire, je peux retourner au resto en minimisant les chances de mettre en danger les autres ou de rendre mes amis malades. Vous imaginez, pouvoir retourner au restaurant, sans mettre les autres en danger mais quelle horreur ! Non mais soyons sérieux, c'est dommage car cela décrédibilise leurs revendications de base.

En classe de terminale, j'ai fini par prendre la tête de ce syndicat lycéen. Je n'y suis pas restée longtemps, et je n'en suis finalement pas mécontente. J'ai découvert que ces gens avec qui j'avais travaillé étaient totalement opposés à mes valeurs. Enfin, plutôt, sont devenus totalement opposés à mes valeurs, en même temps que la gauche dont elles étaient historiquement un combat de base. Comme la jeunesse en général qui renie de plus en plus les valeurs républicaines au profit d'une « cancel culture » et d'une victimisation permanente. Je me demande d'ailleurs très souvent qui j'aurais pu devenir si j'avais moi aussi emprunté le chemin de la lâcheté et de la soumission.

Mes camarades avaient donc sombré, avec toute une organisation syndicale, dans ce qu'il faut combattre absolument : le silence et la servitude volontaire. Ce chemin est en l'occurrence devenu celui de la majorité maintenant. Se taire, c'est se soumettre ne l'oubliez pas. Si une jeune femme peut dire ce qu'elle pense sans baisser les yeux, alors, vous pouvez le faire aussi. C'est pour cela que j'admire Mila, en tant que femme, au-delà de l'affaire, c'est parce que ce qu'elle est m'a donné le courage d'être moi.

Après cette période, durant laquelle je n'oublierai pas que j'ai tout de même vécu des choses superbes et instructives, j'ai été soulagée quelque part de ne plus avoir de responsabilités et de retrouver mon libre arbitre. L'une des premières raisons qui m'ont fait comprendre que je ne partageais plus aucune valeur avec ces gens-là, c'est bien lorsque l'on me demandait de supprimer un poste de mes réseaux sociaux personnels. Au début, j'acceptais car je me disais que c'était plus ou moins normal, jusqu'à ce que je me rende compte qu'en fait, tout ce que je pouvais encore publier ce n'était plus moi. La censure ne venait alors plus de l'extérieur, mais de mes propres camarades avec lesquels j'ai défendu sans relâche des causes que je croyais justes. Ces gens qui m'ont aussi forcée à écrire mes communiqués de presse en « écriture inclusive ». Quelle belle arnaque aussi ! Non seulement l'inclusion (à condition d'en connaître la définition exacte) ne passe absolument pas par une torture du dictionnaire, mais en plus, cette écriture est tout sauf inclusive. Je n'y comprends déjà pas grand-chose, à part qu'avec ce genre de luttes, on a du souci à se faire quant à l'avenir, mais je n'ose imaginer les difficultés des personnes en situation de handicap, notamment de type « dys », à décrypter ce charabia. Il s'agirait « d'inclure » tout le monde.

Aujourd'hui, on me propose de rejoindre des associations, ou des mouvements politiques, ce que je refuse systématiquement (sauf concernant les associations dont j'étais déjà membre depuis plusieurs années). La raison est simple, je souhaite garder ma liberté de ton et pouvoir m'exprimer comme je l'entends sur quelque support que ce soit. Je ne souhaite également n'engager par mes propos que moi.

Et pourtant, c'est tellement difficile de n'engager que soi. Déjà du temps de mes engagements syndicaux, et des blocus que j'avais organisés au lycée de campagne où j'étais scolarisée, la moitié du village disait déjà à mes parents : « C'est votre fille, non ? ». Ce n'est pas forcément l'expression d'un avis négatif à mon égard, ça implique seulement qu'à partir de ce moment-là mes parents seraient associés à chacune de mes actions. Ils allaient devoir assumer mes choix et même parfois les expliquer. Si seulement j'avais su que ce n'était rien face à ce qui les attendait…

## Été 2020

Le confinement enfin levé et le bac en poche, je comptais bien profiter de cet été qui s'annonçait particulièrement festif. Ces vacances allaient être celles des retrouvailles, du bonheur et du retour à la « normale » après trois mois de confinement dus à la progression de la Covid 19. Malgré la nécessité de respecter les gestes barrières, la réouverture des bars et l'arrivée du soleil vendaient du rêve. Mes parents, qui ne sont pas particulièrement fans des vacances et du fait de quitter leur domicile et leur village, ont finalement décidé que nous partirions avec des amis dans un camping où j'avais énormément de souvenirs d'enfance et où nous étions presque toujours allés. Nous avions loué pour une semaine qui est passée extrêmement vite. Avec ma famille, nous avons choisi de rester une semaine supplémentaire puis de partir dans le Nord de la France, région natale de mon père. Ces vacances qui n'en finissaient plus me laissent un souvenir très agréable, celui d'un espace hors du temps au moment où s'ouvrait le procès des attentats de Charlie Hebdo et où le monde semblait revivre un cauchemar.

**Septembre 2020**

En mai 2020, j'ai été affectée par Parcoursup dans une Institut de Formation en Soins Infirmiers (IFSI) dans le Val-de-Marne. J'ai donc dû partir en région parisienne seule. Je n'ai aucun regret, c'était un choix sur lequel je ne reviendrais pour rien au monde.

Déménager de chez mes parents est une épreuve qui est arrivée très vite et que je n'avais jusqu'à cet instant que fantasmée. J'ai toujours eu un lien très fusionnel avec mes parents, sûrement parce que je n'ai toujours vécu que seule avec eux. Je sais que j'ai grandi avec ce privilège d'être entourée de mes deux parents. Devoir quitter ce petit cocon extrêmement confortable fut assez déstabilisant pour moi. J'allais devoir m'installer dans une nouvelle ville que je ne connaissais que de nom et pas forcément positivement. Je me suis assez vite reprise, en me disant que je verrai bien par moi-même.

Me voici donc, une après-midi débarquant dans une petite maison de Saint-Denis avec ma meilleure amie et son compagnon. Faisant mes études assez loin, je n'ai pas eu le temps d'explorer les environs dès mon arrivée, mais lorsque j'en ai eu le temps, le moins que l'on puisse dire, c'est que je suis tombée des nues. Je connaissais déjà Saint-Denis gangrenée par la délinquance, les trafics de drogue, les vols, je découvrais Saint-Denis aux mains des islamistes. Me marquera particulièrement une librairie en particulier. Lorsque vous y arrivez, vous pouvez apercevoir dans la vitrine des livres et des jouets pour enfants, traitant tous de l'islam. Parmi ces objets, on y trouve évidemment le fameux « Nounours Hamza » sur lequel sont enregistrées des prières et des sourates. La version vendue dans cette boutique est celle sans yeux. Les islamistes considèrent qu'il ne faut pas représenter la création de Dieu… attendez, ça ne vous rappelle rien cette histoire ? Oui, en France, on vend un nounours qui passe le message suivant : « Il ne faut pas dessiner, sculpter, créer… ». Car évidemment « création de Dieu » signifie le monde en son intégralité pour les islamistes. On vend un nounours qui donc indirectement transmet une idéologie qui justifie le massacre de Charlie Hebdo mais aussi la mort de tant d'artistes dans les pays appliquant la Charia, dans d'autres aussi. On permet que soit transmis à des enfants le message suivant : « Soyez totalement soumis, ne créez pas, ne vous émancipez surtout pas ! » la base d'une propagande dangereuse dès la petite enfance. En entrant dans cette librairie, ce n'est pas plus glorieux. On y trouve divers ouvrages, tous portant sur une pratique rigoriste de la religion musulmane, notamment « La voie du Musulman ». Un livre exposant toutes les tortures possibles au nom de « islam » et qui vous explique sans tabou comment jeter les homosexuels du haut du plus grand immeuble de la ville et comment, si cela ne lui était pas fatal, l'achever à coups de pierres. Évidemment, ce livre et tant d'autres véhiculant les mêmes horreurs sont en vente libre.

Dans le même esprit, combien de drames faudra-t-il pour que l'on ferme de façon définitive et rapide toutes mosquées dites salafistes ou suspectées de l'être ? N'oublions pas que celles qui l'ont été l'ont justement été consécutivement à des attentats commis au nom de cette idéologie. Mon arrivée à Paris m'a vraiment plongée la tête la première dans une société ou l'islamisme et son prosélytisme sont devenus monnaie courante. D'ailleurs dans certains quartiers ils sont plus que fréquents ils sont devenus la norme. Je m'explique. Zineb El Rhazoui disait que la voie n'est pas un étendard pour celles qui le portent mais plutôt pour celles qui ne le portent pas. C'est une déclaration tout à fait vérifiable. Il y a des quartiers de Saint-Denis où l'on ne vous laisse pas monter dans un bus en premier si vous ne portez pas le voile, j'en ai fait l'expérience. J'attendais devant la porte de ce bus puis un homme m'a assez brutalement bousculée (il n'y avait dans notre assistance que des femmes portant le Niqab). Il a voulu passer en premier mais a laissé (tel un gentleman, voyons) sa place à de pauvres femmes (pas forcément plus âgées que moi) portant toutes le vêtement. Il est ensuite monté et nous sommes montées derrière (moi et une jeune femme non voilée). Cet épisode démontre bien cette volonté politique d'imposer en France le traitement réservé aux femmes dans les pays islamiques.

**16 octobre 2021, 18 h 30**

Je suis dans le métro qui me conduit à la gare, on est vendredi soir et il s'agit du début des vacances scolaires. Comme à presque chaque vacance, je rentre chez mes parents en Bretagne.

Je suis avec des amis, soudain mon téléphone sonne, c'est ma maman : « Ma chérie ? Tu es où ? Il y a eu un attentat en banlieue parisienne tu vas bien ? » Elle viendra couper le fou rire que je venais d'entamer. Je lui réponds qu'évidemment je vais bien, que je suis dans le métro et que je la rappelle.

Je regarde mes amis, ils rigolent tous parce qu'à l'opposé de l'horreur qui semble être en train de se jouer une fois de plus, ils sont la jeunesse, la vie. Ce début de soirée était très joli, nous sortions du stage (chacun dans des hôpitaux différents) et nous nous étions retrouvés pour boire un verre. Enfin plutôt un énorme chocolat chaud chantilly afin d'oublier le blanc et la morosité des services hospitaliers où le personnel se démène pourtant, nuit et jour, pour faire entrer un peu de chaleur. Nous partons plus ou moins tous en vacances et une partie du groupe rejoint donc la gare Montparnasse avec moi. Nous nous parlons de nos vacances, de nos familles, de nos bêtises de jeunes adultes. Nous nous réchauffons de ces rires, n'oublions pas la Covid à laquelle nous nous confrontons chaque jour.

Puis il y a le couvre-feu, que nous pouvons braver puisque nous possédons un billet de train. J'ai tout de même l'impression que nous sommes tous en train d'essayer de tenir au milieu d'un tsunami, et que cet attentat dont je ne sais encore rien viendra troubler ce moment de légèreté. Je finis par regarder les actualités sur Google, et là, comme si l'horreur n'était pas déjà à son paroxysme, je lis qu'il a été décapité. C'est un professeur d'histoire. Voilà ce que je sais. Je tends l'article à mon amie assise à côté de moi qui elle interrompt les conversations pour leur montrer mon smartphone et les apostropher : « Oh la vache, vous avez vu ça ? » Tout le monde se stop, silence et horreur dans leurs yeux. Petit à petit, je vois les passagers sortir leur smartphone tour à tour, sûrement coupés dans leur pause musicale par les notifications des chaînes d'infos. Je ressens tout à coup un besoin d'arriver à la gare rapidement, un besoin de partir. Ce n'est pas que j'ai peur, simplement que l'horreur a atteint son paroxysme et que je veux m'en éloigner. C'est à peu près la même méthode que celle de l'autruche, si je m'en vais, que je tourne le dos, alors le cauchemar n'existe plus.

Une fois dans le train, les informations continuent d'arriver en masse. On nous dit qu'il avait été accusé par un parent d'élève d'islamophobie car il avait étudié avec ses élèves les caricatures de Charlie Hebdo sur le prophète. Ces seules informations finissent de me glacer. Non seulement, il a été assassiné et la méthode employée finit d'asseoir la barbarie de son assassin mais en plus, tout cela faisait suite à une vidéo postée sur les réseaux sociaux par un homme qui voulait sa mort pour des caricatures ? J'ai l'impression de rêver encore une fois et pourtant je sais que ce n'est pas un cauchemar. Assassiner des professeurs, c'est un vague souvenir d'une période à laquelle je m'étais intéressée à une époque pour comprendre les mécanismes de l'islamisme. À la fin des années quatre-vingt, des faits similaires s'étaient produits en Algérie. Mais en France, en 2020 ? J'ai vraiment pensé qu'après des journalistes et des citoyens, des hommes, des femmes et même des enfants, des policiers à Magnanville, nous avions passé un cap.

**21 octobre 2020, 18 h**

Ce soir-là, il faisait froid et nous étions encore sous couvre-feu, mais j'étais remontée à Paris pour assister à l'hommage rendu au professeur. Il nous a fallu passer un nombre de contrôles de sécurité impressionnants mais nécessaires. Il y avait du monde entassé sur cette petite place. Nous avions tous froid, corps et âme mais nous étions venus nous réchauffer ensemble malgré les mesures sanitaires.

Je balaye la place du regard, puis j'aperçois enfin un visage connu, un tout petit sourire que je connais bien et que je devine derrière un masque. Ma Stéphanie, toi aussi tu es là ? Toi aussi tu es triste ? Toi aussi tu as peur pour demain ?

Quand la cérémonie commence, la chanson One de U2 résonne dans la cour de la Sorbonne et au fond de nous tout aussi intensément. Tu as attrapé ma main, et j'ai tenu la tienne. Tu pleurais et moi aussi. Ma Stéphanie, ma petite légèreté, ma bulle d'oxygène, même à toi on s'est coupé les ailes ce soir-là ! Alors, entre ton chagrin et ton angoisse que j'ai partagés, j'ai essayé de t'envoyer de la douceur, toi qui l'as si souvent fait et qui le fais encore pour moi. Je ne suis pas aussi douée que toi, alors j'ai seulement agrippé ta main aussi fort que je le pouvais. Je crois que ce soir-là a été décisif dans la jeune femme que je suis devenue après ces évènements. Je ne pouvais pas accepter autant de tristesse, autant de peur, pas encore.

Je suis rentrée chez moi dans un taxi, j'ai observé les lumières et les rues parisiennes désertes. J'aurais voulu y observer la vie, j'avais besoin de voir la vie. Au lieu de ça, couvre-feu oblige, j'ai admiré les pavés des ruelles et ceux des grands boulevards et leurs terrasses fermées. Ces lieux où tant de rires avaient fusé et retentissaient encore. Ces lieux des copains et du bonheur. Ces lieux où peut-être monsieur Paty aimait y retrouver ses amis, ou pas d'ailleurs. Tous ces endroits où tant de victimes de ce fascisme avaient leurs habitudes. Ces endroits que l'islamisme voudrait voir disparaître. Je me suis dit que tout cela, que la vie devait tenir.

À la fin des vacances scolaires, l'école a rendu hommage à Samuel Paty, notamment en lisant un texte de Jean Jaurès. J'ai trouvé que c'était une jolie idée, qu'on réunissait enfin les élèves autour des valeurs républicaines qu'ils connaissaient si mal ! Les jours qui ont suivi, on a vu passer des articles : « Des enfants refusant de participer à l'hommage de Samuel Paty ». Ma pensée de ce soir d'hommage m'est alors revenue, mon pays a si souvent tenu mais tiendra-t-il encore si notre jeunesse brade ces valeurs voire parfois les renie ?

C'est une question qui me taraude toujours à l'heure où j'écris ces lignes, à l'heure où l'on a vu un professeur être placé sous protection policière pour avoir dénoncé les dérives de l'islamisme dans sa ville, j'y reviendrai plus tard. À l'heure où les syndicats étudiants taguent le nom de professeurs qu'ils accusent d'avoir critiqué l'islam sur la façade de l'Institut d'Études Politiques de Grenoble. Que sera l'avenir ?

Vivra-t-on demain dans une théocratie ? La lâcheté de la France actuelle nous conduira-t-elle à la perte de la démocratie et de la République ?

**16 novembre 2020**

Je me connecte sur les réseaux sociaux et aperçois le fameux Hashtag « Mila » que je n'avais pas vu depuis le début de l'affaire en janvier. Je défile les publications, pour évidemment naviguer d'insultes en horreurs, c'est d'ailleurs à ce moment-là que je découvrirais comment fonctionne la plateforme PHAROS. Il s'agit d'une plateforme qui regroupe les signalements de contenus en ligne. L'idée est bonne mais malheureusement ce dispositif n'a ni assez de moyens ni assez de personnel formé au vu du nombre de signalements reçus chaque jour.

Puis de publication en publication, je me rends compte que le peu qui expriment un soutien à la jeune Mila ne le font que frileusement. La France n'a donc plus assez de courage pour protéger ses enfants ?

Alors, je publierai ce seul message sur Instagram : « Je soutiens à fond Mila et ceux à qui ça ne plait pas, je les emmerde ! Au-delà de ça, la soutenir ne suffit pas, il faut lutter contre l'islamisme tous ensemble pour que plus jamais on ne vole l'adolescence d'une jeune femme en France, pour que plus jamais on ne soit menacé pour des propos ! Il faut oser ! Oser comme elle l'a fait à seulement seize ans ! Il faut s'exprimer, il faut défendre la laïcité c'est comme ça que l'on y arrivera ! ». Cet unique message entraînera un déferlement de haine à mon encontre de toutes parts, cette publication fera plus de cinq mille vues en moins de vingt-quatre heures (les formats « story » sur Instagram comme celui que j'avais choisi pour ce message disparaissent au bout d'une journée). Pour avoir par la suite reçu des messages contenant la capture d'écran de cette histoire sur d'autres réseaux sociaux, je découvrirais que beaucoup ont gardé une copie de ce message. C'est ainsi que je ferai la connaissance de Mila qui me remerciera de mon soutien. C'est ensuite que je ferai la connaissance de la jeune femme extravertie, ouverte et si bienveillante qu'elle est. Et ça, je vous prie de ne pas l'oublier, c'est bien ce qu'elle est avant tout : une jeune femme.

Cette vague se calmera au bout de quelques semaines, j'ai donc naïvement cru que c'était la fin de tout cela. Évidemment, je recevais toujours des messages, mais comme ils étaient moins réguliers, je me suis dit que ça allait continuer de diminuer jusqu'à totalement s'arrêter.

## Décembre 2020

En ouvrant Instagram, je me rends compte que j'ai un nombre de notifications bien plus élevé que d'habitude. Ce soir-là, c'est la période des fêtes de fin d'année et je suis en famille chez mes parents.

Je découvre ensuite qu'un utilisateur a publié une capture d'écran de mon profil indiquant à ses abonnés que j'étais « islamophobe ». Une vague de colère m'a submergée. En octobre, un professeur était assassiné pour avoir été qualifié de la même façon sur les réseaux sociaux, et il se trouvait encore des internautes pour faire la même chose. Sachez qu'aujourd'hui, jeter en pâture un individu sur les réseaux sociaux en le qualifiant ainsi, revient à demander sa condamnation à mort.

Cette publication a évidemment suscité une nouvelle vague d'insultes et de menaces à mon égard. C'est intéressant d'observer comment un individu qui prend une posture de « leader » sur les réseaux sociaux, a la capacité d'en conduire un nombre assez impressionnant à tenir n'importe quels propos aussi abjects soient-ils. Ces derniers oublient souvent, que lorsque le temps sera venu pour eux de répondre de leurs actes, ils devront en assumer les conséquences seuls. Cela explique aussi que lorsqu'on leur demande de s'expliquer, il n'y a que des excuses arrachées et du vide. Lorsque leurs arguments sont démontrés sans objet par la cour, ils semblent déstabilisés car ils ne font en réalité que répéter un discours et sont incapables de réfléchir par eux-mêmes.

**Mars 2021**

Après un énième raid numérique, le compte de Mila se voyait suspendu sur les réseaux sociaux.

Avant tout, si vous croyez que je compte m'étaler sur ma relation avec elle ou sur sa vie privée ici, vous pouvez l'oublier de suite. Nous ne sommes pas dans une réédition d'un mauvais Paris Match.

Donc, après cette suspension, j'ai réfléchi à un nouveau grand drame des réseaux sociaux, le système de signalements en masse mêlé à des modérateurs parfois désinvoltes et très orientés, faisait trop souvent penser que la personne victime de harcèlement numérique se retrouverait bannie de ces mêmes réseaux. Mais alors, les harceleurs peuvent continuer à poster en toute impunité et la victime se retrouve exclue ? C'était donc pour elle la double peine. Ils cherchaient à ne plus la voir, à la faire disparaître et ils obtiendraient gain de cause ? C'est en passant un souhait commun avec les individus qui souhaitent la mort d'une victime de harcèlement, la finalité est la même, ils ne veulent plus la voir ni l'entendre, ils veulent qu'elle disparaisse.

J'ai donc publié une vidéo, celle-ci je ne l'avais pas écrite à l'avance, elle était pour moi un exutoire, il fallait que je m'exprime, que je parle de cette idée et que je dénonce ces faits-là. Vous vouliez voir Mila et ses idées disparaître en la faisant bannir des réseaux sociaux ? Ça n'arrivera jamais parce que quelqu'un d'autre portera ses idées, je (je ne suis pas la seule mais je ne m'exprime qu'en mon nom ici) vous les mettrais au visage autant que je pourrais le faire. Je vous envoie ma liberté en pleine figure. C'était le message que je souhaitais envoyer. Ce comportement était en totale opposition avec le caractère de jeune femme discrète et timide que j'avais été jusque-là.

La majorité des réactions, vous les connaissez. Je subirai pour ce post une vague de haine et menaces de mort. Cette violence qu'il va désormais falloir apprivoiser, apprendre à dompter et à subir, au quotidien. Mon compte sera à son tour suspendu, quand les arguments manquent à vos détracteurs, leur seule solution reste alors de vous réduire au silence.

Le compte de Mila a finalement été rétabli. Pour une fois que Twitter fait le travail conformément à la loi française.

Les insultes à mon encontre sur les réseaux sociaux se sont multipliées, il semblerait vraiment que voir une femme libre dérange beaucoup de monde aujourd'hui, dont la moitié ne savent même pas de quoi ils parlent.

**« Pouvez-vous nous raconter ce qu'il s'est passé ? »**

Lorsqu'une journaliste de la presse locale de la région de mes parents où j'avais grandi m'a proposé de raconter cette histoire, j'ai accepté, parce que je me suis dit que ce n'était pas à moi de m'effacer et que le public devait savoir que c'était quelque chose qui pouvait arriver à n'importe qui. Je voulais que l'on sache à quel point l'islamisme mettait en danger les libertés de chacun et combien la jeunesse d'aujourd'hui totalement lobotomisée en était complice.

La journaliste est venue au domicile de mes parents un samedi matin. Elle s'intéressait à ce qu'il m'arrivait mais n'était pas sûre de publier l'article. Elle aurait peut-être quelques difficultés à le vendre à sa rédaction (peut-être avaient-ils quelques réticences concernant le sujet surtout). Je l'invite dans le salon et nous discutons. Je me souviens de son visage souriant et bienveillant. C'était une jeune femme et elle m'avait confié être nouvelle au sein de la rédaction ainsi que dans la région. Après une discussion intéressante et une ou deux photos rapides, elle me dit qu'elle va écrire un article qu'elle va proposer dans la section régionale et qu'elle me redonnera des nouvelles. Le jeudi suivant, elle m'envoie un texto pour me dire que l'article sortirait le lendemain. J'achète le journal du vendredi évidemment, l'article faisait un quart de page, discret, avec la photo que nous avions prise pour l'illustrer. Quelque chose de sobre, caché entre la fermeture du commerce du village d'à côté et l'arrivée du nouveau médecin généraliste du village. J'avais témoigné ; l'article était publié, la boucle était bouclée, enfin je le croyais.

« Oui allô ? Vous travaillez pour quel média ? Le point ? J'ai déjà répondu à votre sollicitation hier ? Vous voulez quoi ? Que je vous garde l'exclusiviste de la suspension de mon compte Twitter ? Attendez, je ne comprends rien là ! »

Les jours suivant la publication de l'article, mon téléphone n'a pas un instant cessé de sonner. Il fallait répondre, raconter de nouveau l'histoire, encore et encore. Ma mère recevait des appels sur son téléphone aussi, en quelques heures, mon nom apparaissait sur la majorité des sites internet des grands journaux nationaux. J'avais lancé, sans le savoir, une boucle infernale qui allait m'entraîner dans un univers que je ne connaissais pas.

Je ne savais pas non plus que le cabinet de Marlène Schiappa me contacterait afin de m'apporter soutien et conseil. Je la remercie d'ailleurs infiniment parce que l'on se sent moins seuls.

Mon côté enfant timide, jeune femme discrète s'est trouvé un peu ébranlé et désorienté face à tout cela. Mais qu'importe, le sujet ne concernait pas que moi, mais la France entière alors mes états d'âme pouvaient attendre.

La question que l'on m'a le plus posée concernait mon soutien à Mila, j'ai répondu une bonne quinzaine de fois la même chose : « Je la soutiens et la soutiendrais toujours, elle est la liberté, elle est ma liberté mais aussi la vôtre alors assez de lâcheté ! Qu'est devenu notre pays pour laisser une jeune femme de seize ans et demi au début des faits, porter la liberté et en prendre le risque pour toute une nation ? Désormais, Mila me saura à ses côtés ! »

Ça, je n'aurai jamais peur de le dire et je n'arrêterai jamais de le faire tant que ce sera nécessaire.

J'accepte d'être une victime, car oui, j'ai été victime de cyberharcèlement et de menaces de mort et on ne devrait jamais avoir honte de ce statut. Ce n'est pas à nous que la honte ou la culpabilité doivent revenir, mais aux auteurs d'infractions.

Je ne savais pas à cet instant que cela pourrait aller plus loin encore, je pensais avoir atteint la limite et qu'après cela, les choses ne pourraient que s'atténuer.

J'ai fait preuve de naïveté mais qui ne l'aurait pas été dans ce cas-là ? Difficile d'imaginer sans l'avoir vécue la perversion de vos détracteurs.

**Avril 2021**

Heureuse d’être de retour à mon domicile en région parisienne, j’ai énormément de détails à régler. À commencer par les plaintes que je n’ai pas encore déposées concernant les faits de ces derniers jours. C’est la première fois que je me rends au commissariat de ma ville car la dernière fois que j’avais eu à le faire je vivais encore à Saint-Denis.

Avez-vous déjà eu à déposer plainte ? Si oui, vous devez savoir que cela prend facilement une heure et demie. En me présentant dans ce petit commissariat après y avoir pris rendez-vous, j’étais loin de me douter que ma première audition y durerait trois heures. Cela peut sembler rien, mais répondre aux mêmes questions pendant tout ce temps-là, c’est épuisant pour une victime et culpabilisant. Le paradoxe de cette situation est que c’est à la victime de se justifier encore et encore.

Je ne reprocherai jamais cela aux officiers de police présents au commissariat car ces derniers ont vraiment été très à l’écoute me concernant. Je noterai d’ailleurs leur détresse face aux services desquelles j'ai bien remarqué qu'ils ne voulaient absolument pas s'embêter avec mon cas et qui de toute façon ne savaient pas vraiment qui contacter.

En résumé, une victime demande de l'aide au commissariat, un officier de police d'une bienveillance extraordinaire la reçoit et il fait de son mieux mais ne reçoit aucun soutien de plus haut ?

Il s'agit j'en suis bien consciente de nouveaux types d'infractions mais le système judiciaire doit s'adapter et vite. Il faut leur en donner les moyens, il est prioritaire que la justice puisse donner une réponse adaptée au cyberharcèlement pour qu'internet ne devienne pas une zone de non-droit.

Au même titre que les quartiers sensibles, je pense que lesdites « zones de non-droits » le sont devenues en partie à cause du manque de moyen de nos forces de l'ordre. On ne leur donne ni les autorisations ni les moyens humains et matériels nécessaires à la lutte contre la délinquance dans ces quartiers qui, pourtant, nuit gravement à la vie des habitants.

La lutte contre les infractions en ligne s'inscrit dans les mêmes problématiques. Notre police manque de moyens matériels et d'effectifs compétents afin de lutter contre ces nouvelles formes de délinquances.

Durant ce temps, les appels de journalistes n'ont pas cessé un seul instant. C'était devenu mon quotidien, je tenais un petit agenda où je calais tous ces entretiens. Mes parents s'inquiétaient de me savoir dans l'obligation d'affronter tout ça. Mon père m'a un soir demandé si je ne voulais pas faire une pause, refuser les rendez-vous avec la presse et me poser un peu. Pour moi, ce n'était pas envisageable ! Je devais faire du bruit, au moins autant que les harceleurs. En fait pour moi c'était simple, plus on voudrait que j'arrête de m'exprimer et plus je parlerai. On me donnait la parole, j'avais l'occasion de témoigner et je le ferai autant que possible. C'était pour moi une façon de faire en sorte que les gens se rendent compte de ce que je subissais, de ce que nous étions nombreux à subir.

Un matin à la sortie des cours, mon portable sonne. J'ai cinq minutes alors je décroche : « Nous travaillons pour l'émission Quotidien animée par Yann Barthès, nous aimerions vous rencontrer ! ». Je leur ai dit que je réfléchirais, que j'allais les rappeler. La télévision, pour moi, c'était un autre niveau. Cela représentait s'exposer ouvertement dans une émission vue par plusieurs milliers de téléspectateurs. Est-ce que j'étais capable de le faire, est-ce qu'il y aurait des retombés, est-ce que le harcèlement et les menaces allaient empirer si je le faisais ? Puis, cela voulait aussi dire afficher mon visage. J'ai fini par accepter, m'étant promis que ces intimidations ne me dicteraient jamais ma vie.

**« Ne regardez pas la caméra, avancez naturellement »**

C'est ainsi que je me retrouvais un dimanche matin avec une équipe de télévision dans mon tout petit studio. J'étais impressionnée par tout ce matériel technique qu'ils transportaient et qui envahissait littéralement mon appartement. Je n'avais jamais participé à une émission de télévision avant celle-ci, les codes et les habitudes je ne les connaissais pas. Le journaliste me dit que nous allons commencer par faire des plans pour illustrer le reportage. J'acquiesce sans vraiment savoir de quoi il est question. La consigne est simple, je dois marcher dans mon appartement sans regarder la caméra et de façon naturelle. Je me demande bien comment je pourrais ignorer cette caméra qui me parait énorme alors que le chef opérateur me suit avec presque accroupis avec une démarche de crabe. Je voudrais bien rire de cette situation mais comme tout le monde garde un sérieux presque angoissant je m'abstiens. Mon amie d'enfance qui passe le plus clair de son temps à mes côtés depuis quelques jours ose rire, mais timidement.

Nous enchaînons avec le contenu du reportage, je réponds à leurs questions et je leur fais confiance. J'apprendrais avec le temps que même si le reporter semble sympathique et amical, on ne doit pas tout dire à un journaliste parce qu'il n'en reste pas moins un professionnel et que ce que vous lui dites est censé lui servir dans ce cadre-là. En clair, tout ce que vous dites ou montrez est susceptible de finir exposé au grand public.

**Fin avril 2021**

Je suis avec ma maman et une amie chez moi. Je prépare le repas et je souris. Il commence à faire beau et on va enfin pouvoir profiter du balcon pour le dîner. J'ai cours tôt le lendemain matin alors, après le repas, nous nous installons toutes les trois devant un film. Mon téléphone vibre : « Vous avez été déconnectée de Twitter ». Je passe la notification même si je comprends bien que ce n'est pas normal, je verrais cela plus tard, là je profite de mes proches. Dans le quart d'heure suivant, mon téléphone continue de vibrer. Ce sont des mails m'indiquant une connexion sur des plateformes où je suis inscrite. Je montre mon téléphone à mon amie qui attrape le sien et ouvre Twitter. Elle y remarque qu'effectivement mon compte a été piraté par un certain « EAPY » qui s'en vante dans la biographie de mon compte. Elle continue de faire le tour des publications me concernant, elle reste parfois choquée par certaines insultes, puis d'un coup, elle met pause au film et me dit : « Floriane, là, on a un problème… ». Elle me tend son téléphone, et j'y vois une capture d'écran d'un bon de commande qui date de mon emménagement dans mon studio en janvier 2020. Mon adresse ainsi que mon numéro d'appartement y figurent et c'est en accès libre sur les réseaux sociaux.

Contrairement à ce que l'on pourrait penser, je n'ai pas paniqué, tout du moins, pas tout de suite, j'ai saisi que c'était grave, mais je me suis dit qu'il commençait à être tard et que je pourrais voir ça le lendemain matin. Des amis m'ont dit que ce n'était pas possible d'envisager de voir cela « le lendemain » et que je devais au moins avertir la police. Je ne voulais pas déranger mais j'ai fini par le faire au moins pour les rassurer, je ne voulais pas de cette double peine : le harcèlement et l'angoisse de mes proches. Mon objectif premier depuis le début de cette affaire est évidemment de les protéger.

Encore une fois, le commissariat qui a pris mon appel a été très compréhensif et bienveillant. Le policier semblait bien connaître mon dossier et m'a conseillée avec patience et calme.

L'insomnie ne m'a finalement pas quittée. Toute cette nuit et ses bruits inconnus me dévoraient comme lorsque j'avais cinq ans. L'attente du jour me parut interminable comme si cette nuit ne s'en irait pas, mon adresse circulait sur les réseaux sociaux et j'ai pour la première fois pensé que je ne verrai peut-être pas le jour se lever. C'était le retour de mes peurs d'enfant, pour la première fois depuis environs dix ans, cette envahissante angoisse que le jour ne viendrait jamais est revenue me dévorer entièrement. J'ai fini par m'assoupir au petit jour, une ou deux heures avant d'aller en cours.

Les yeux cernés, emmitouflée dans un manteau noir et blanc, les lunettes de soleil sur le front, j'arpente la rue qui mène à la gare RER de ma petite banlieue. J'allais affronter l'extérieur qui, depuis cette nuit, n'était en fait pas plus une source de danger que mon propre domicile.

Et après, il a fallu surtout durant tout ce temps réapprendre à vivre comme cela. Imaginez que votre adresse personnelle circule sur les réseaux sociaux en libre-service et que n'importe qui peut tomber dessus. La menace sort alors du cadre des réseaux sociaux, elle devient réelle et s'incruste dans la vie quotidienne. Le fait de devoir changer mes habitudes ; mes trajets, de regarder systématiquement par la fenêtre ou le juda dès qu'un bruit inhabituel se faisait entendre témoignait déjà de cette présence de la menace dans ma vie. Les premiers jours qui ont suivi cette publication, je me suis posé énormément de questions. Jusqu'où cette histoire allait-elle me mener ? J'ai plusieurs fois pensé que j'étais arrivée à un point maximal et que rien de pire ne pourrait arriver, et je me suis trompée à chaque fois. Alors cette fois-ci, vraiment, qu'est-ce qu'il pourrait arriver de pire ?

Sachez d'abord une chose, vous ne m'avez pas effrayée, pas un seul de vos messages. J'ai pu être en colère, voire peinée, quand pour avoir usé de ma liberté d'expression je dois désormais faire face à ce déferlement de haine et à une telle volonté de me nuire. Et évidemment que lorsque l'on vous menace de vous brûler à l'acide, cela ne s'oublie pas, mais je n'ai pas eu peur. Vous ne me ferez jamais taire, ni moi ni personne, si être menacée et insultée chaque jour est le prix à payer pour la liberté, alors je suis prête à en faire les frais. Je suis prête à mener ce combat et jamais je ne lâcherai.

Sachez ensuite que je n'ai jamais cherché la médiatisation mais que maintenant qu'elle est là, maintenant que l'on me donne la parole alors je ne compte cesser de m'exprimer chaque fois que cela sera nécessaire. Vous souhaitiez me voir disparaître, vous m'avez appris l'importance du combat que je mène désormais. Vous avez fait de la jeune fille timide que j'étais une voix forte qui ne se taira plus jamais.

Vous ne gagnerez jamais, parce que vous pouvez tenter de faire taire un individu, seulement, vous ne ferez jamais taire une idée. La liberté ne se soumettra pas.

## Toujours fin avril 2021

Mes parents sont auprès de moi depuis plusieurs mois. Mon père fait des aller-retours et jongle entre son travail en Normandie et les trajets jusqu'à Paris environ une fois par semaine. Ils sont inquiets et se sentent impuissants, je le vois bien. Je les tiens loin de mes visites aux commissariats et loin aussi de mes dossiers de plaintes. Quand ils sont là, je leur parle de mes sorties avec mes amis, de nos fous rires… Je veux rester leur petite fille et je veux laisser à notre petite famille sa légèreté d'avant. Je ne veux pas laisser entrer une telle haine dans mon environnement familial.

La veille, l'émission Quotidien diffusait le reportage que nous avions tourné ensemble. Dans l'après-midi, je propose à mon père de sortir lui chercher ses cigarettes, il fait beau et j'ai envie d'aller marcher. J'en ai aussi assez qu'il m'infantilise en me proposant de m'accompagner partout (je sais qu'il s'inquiète et que ce n'est pas dans cette intention). En partant, il me dit de lui dire quand je suis arrivée au tabac, je rigole, lui sourit puis claque la porte.

Au retour, un homme à vélo ralenti à ma hauteur, il me dévisage à plusieurs reprises avant de me lancer, d'un peu plus loin, un « sale raciste ! ». Il continue sa route doucement se retournant pour me faire des doigts d'honneur. Un autre homme stationné dans son véhicule qui a assisté à la scène me demande si je le connais et me conseille de faire attention. Sa faible allure me conduit à me méfier qu'il ne m'attende pas plus loin. Je rentre chez moi en tentant d'oublier cette scène. En rentrant dans mon studio j'aperçois par le balcon un homme assis sur un banc à côté de son vélo et au téléphone. Il finira par partir cinq minutes plus tard. Je me décide à en parler à mon père qui me dit d'avertir le commissariat, ce que je fais. Je n'en saurais jamais plus sur cet individu.

J'ai su après cet épisode que je m'étais trompée sur un point. Ça ne se tassera pas, ça fluctue, par période, mais ça ne s'arrêterait jamais complètement, du moins pas tout de suite. Ce que mes harceleurs voulaient, c'était créer une atmosphère de haine à mon encontre. Et la réaction de cet individu montrait qu'ils avaient réussi à une échelle plus ou moins variable.

## Juin 2021

Le procès de treize personnes accusées de harcèlement à l'encontre de Mila s'ouvre. Après une première séance consacrée à des questions prioritaires de constitutionnalité posées par des avocats de la défense, dont l'un qui est d'ailleurs plus influenceur chez pour ado écervelés chez Hanouna qu'avocat, deux jours seront consacrés aux audiences. Je souhaitais simplement retenir de ce procès que, même si les sanctions ont été extrêmement clémentes (la justice a des progrès à faire en matière de fermeté), il faut noter que presque tous les accusés sauf un ont été désignés coupables. C'est-à-dire qu'ils ont effectivement commis une infraction, et qu'ils ont franchi les limites de la loi française, a contrario de Mila.

Ce sont eux les coupables et pas, jamais, Mila qui n'a fait qu'user d'une liberté qui est la nôtre en France. Ceux qui auraient tendance à l'oublier devraient maintenant s'en souvenir. Tous les auteurs d'infractions pénales devront en assumer les conséquences un jour ou l'autre, même si la justice est parfois lente. Me concernant, je ferais mon maximum pour que les auteurs de mon harcèlement et ceux de menaces de mort soient traduits en justice. J'ai appris récemment par la sûreté départementale qui a sondé mon smartphone qu'il faudrait en traquer certains jusqu'à la Belgique, mais le travail sera fait, j'en suis persuadée et j'attends impatiemment de pouvoir regarder ces individus en face.

**5 septembre 2021**

« L'accusé est placé sous contrôle judiciaire. » Il y a quelques jours, la presse annonçait l'arrestation d'un individu soupçonné de radicalisation qui montrait un grand intérêt pour l'affaire Mila. Ce soir, on nous annonce que celui-ci est laissé libre et placé sous contrôle judiciaire. Ce sentiment terrible car en plus de l'appréhension tout à fait humaine de savoir ce genre d'individu en liberté, j'ai l'impression que la justice ne comprend toujours pas que la dangerosité de ce type d'individus est réelle. Combien de morts faudra-t-il alors ? Se battre pour dénoncer quelque chose que même nos policiers constatent, et parfois de façon funeste, sur le terrain mais que la justice ne prend pas au sérieux et ne punit pas avec fermeté, alors à quoi bon ? Il ne s'agit d'ailleurs pas uniquement de punir, mais aussi de protéger les populations, ce qui est le rôle même de la justice. La justice existe pour protéger, c'est d'ailleurs sa raison d'être. Protéger les victimes de leurs bourreaux, et non pas remettre les bourreaux en liberté.

Sortir les bougies et les fleurs tous les six mois, voir de nouvelles familles brisées à chaque fois c'est insupportable. Nos forces de l'ordre risquent leurs vies chaque jour sur le terrain et nos unités d'intervention également. La justice à une responsabilité et un devoir de protection envers la population.

## Et demain ?

Les dangers d'un harcèlement comme celui vécu par Mila, moi et tant d'autres sont réels. En plus d'être destructeurs, ils conduisent parfois à une telle montée de haine que des individus passent à l'acte, quelle que soit l'échelle de ce harcèlement. On voit d'ailleurs régulièrement dans les actualités des drames faisant suite à du harcèlement sur les réseaux sociaux. Nous sommes sur des profils de passage à l'acte chez de très jeunes adolescents.

Je ne crois pas non plus en une majorité silencieuse. Selon moi, on doit soutenir les victimes de harcèlement et pas silencieusement. Se taire, revêt pour moi un caractère complice d'un harcèlement et même parfois d'actes plus abjects encore dans le cadre d'affaires comme celle de Charlie Hebdo (la rédaction avait été attaquée de multiples fois sur les réseaux sociaux et recevait des messages haineux régulièrement), de Mila ou bien encore de Samuel Paty. Car en fait, l'objectif final recherché par les terroristes et les acteurs d'un harcèlement sont les mêmes : le silence, la peur et la pensée unique. Quand cette idée m'a parcouru l'esprit, j'ai d'abord pensé qu'elle était farfelue et exagérée. Jusqu'à ce que l'on finisse par prouver que parfois, de façon tout à fait tragique, ces deux processus finissent par n'en faire qu'un. Lorsque le harcèlement sert une idéologie fasciste qui ne voudrait que le silence d'un individu considéré comme un ennemi. On le sait aujourd'hui, les menaces sur les réseaux sociaux, la circulation d'images peuvent mener à l'issue la plus abjecte possible. J'ai évidemment vécu au collège quelque chose de bien différent, le motif du harcèlement n'était pas le même. Et pourtant, par le passé et encore de nos jours, combien de gens meurent des suites d'un harcèlement, quel que soit le motif. Mais aujourd'hui en plus d'avoir un objectif commun, le harcèlement et les réseaux sociaux sont devenus les outils d'un islamisme qui est de plus en plus présent chez des jeunes qui ne se rendent même pas compte que, sous couvert de tolérance, ils sont devenus les complices de ce fascisme. Notre jeunesse saborde elle-même ses libertés. L'idéologie ne vient donc plus de l'extérieur mais d'une jeunesse dont on sait qu'elle est l'avenir du pays. Et ça, c'est dangereux.

Je ne savais pas trop ce qu'allait être ce livre le jour où je l'ai commencé, je ne savais pas non plus si vous le tiendriez entre vos mains un jour, mais maintenant je sais ce qu'il est ou ce qu'il sera. Il est tout d'abord un témoignage, il doit vous prouver que demain la victime de ce type de harcèlement, la victime du fascisme islamiste peut être votre frère, votre sœur ou même votre propre enfant et qu'il ne doit pas en avoir honte. Il faut qu'il sache qu'il n'a rien fait de mal. Il faut que demain, cette personne soit entourée et conseillée car je sais malheureusement qu'il y en aura d'autres et même de plus en plus.

Je serai là et nous serons là, car nous devons tous être là pour ces victimes. Si on laisse faire, n'oubliez pas que demain ce sera peut-être vous !

Pour terminer, on me demande souvent comment j'imagine la suite.

Je veux faire de cette nouvelle force qui est la mienne quelque chose d'utile. J'ai lancé une pétition pour qu'une loi sur l'interdiction des signes ostentatoires dans les Universités soit votée. Mon objectif est celui-là : lutter contre le fondamentalisme islamiste dans toutes ces formes et notamment contre celui qui se développe de plus en plus au sein de nos universités.

Je sais que la loi ne permet pas d'interdire le port de signes religieux dans les lieux publics aux visiteurs, mais uniquement aux fonctionnaires qui y exercent un emploi. Mon objectif n'est pas celui-là. Cette interdiction permettra avant tout de faire barrage à la propagation du communautarisme dans les facultés publiques où il gagne du terrain extrêmement rapidement et de manière dangereuse. Nous l'avons vu à Science Po Grenoble. Je le vois tous les jours lorsque les murs des sanitaires de mon établissement sont couverts de messages encourageant ce même communautarisme et prônant un racisme décomplexé : « Arrêtez de citer des femmes blanches et bourgeoises dans nos luttes ! ». Je le vois également lorsque ces mêmes messages contiennent mon nom m'affublant d'une accusation en « islamophobie ». Mettre fin à cette pression est indispensable et même si je sais que la disparition des signes ostentatoire ne réglera pas l'entièreté du problème, je pense qu'il est important d'évincer les religions de l'enseignement supérieur public qui est le lieu de la réflexion, de la science et de la république. Il est indispensable alors que les étudiants n'y soient vus que comme des étudiants, au même titre qu'ils l'étaient au lycée, et non comme des membres d'une communauté religieuse quelconque. C'est ne pas laisser la moindre voie de passage possible à l'entrisme qui voudrait, on le sait bien, gangrener les nouvelles générations pour le plus grand plaisir des communautaires et des extrêmes de tous bords.

Je continue mes études même si j'ai littéralement changé de voie.

Pour moi le futur, c'est vivre, c'est être libre, d'ailleurs j'ouvre ma fenêtre et je respire et je regarde l'horizon que je trouve si joli en cette fin d'été.

Imprimé en Allemagne
Achevé d'imprimer en avril 2022
Dépôt légal : avril 2022

Pour

Le Lys Bleu Éditions
40, rue du Louvre
75001 Paris

www.ingramcontent.com/pod-product-compliance
Lightning Source LLC
LaVergne TN
LVHW052052160826
845678LV00015B/3188